Je lis les classiques

Rémi sans famille

Le petit saltimbanque

Tome 1

D'après le roman d'Hector Malot

Adaptation de Laureen Bouyssou

Larousse Jeunesse

1

Un garçon de Chavanon

Au cœur du Massif central où le village de Chavanon est blotti à flanc de montagne, Rémi, huit ans, garde sa vache rousse en ce premier jour d'automne. La bête broute, placide, dans les prés verdoyants tandis que le garçon cueille des fleurs jaune soleil.

Soudain, une pluie d'orage le surprend et il rentre paniqué à la maison.

– Rémi, le temps change vite en cette saison ! lui rappelle sa maman Barberin en séchant ses cheveux trempés. Souviens-toi de toujours regarder le mouvement des nuages !

L'averse passée, Rémi sort retrouver sa vache.

– Pardonne-moi de t'avoir laissée toute seule ! lui dit-il gentiment. Tu n'es pas fâchée ?

Il mène Roussette à l'étable tandis que le ciel du soir se teinte de rose et d'orange. La vache plonge avec délice son museau dans le fourrage et Rémi va s'occuper de son jardin, un carré de terre dans le potager de sa mère. Il y replante des fleurs et des herbes qu'il cueille à la lisière des bois ou au bord des haies quand il fait paître la génisse. Puis il rentre souper, et Roussette s'endort, sereine, sur la paille.

Rémi n'a jamais vu son père. Il est tailleur de pierre, et comme d'autres ouvriers de la région, voilà huit ans qu'il est parti travailler à Paris. De temps en temps, il fait porter de ses nouvelles et de l'argent par l'intermédiaire d'un camarade qui rentre au village.

Un soir d'hiver, alors que la bise souffle fort, un homme tout crotté et fatigué d'avoir trop marché se présente à la porte et annonce à la maman de Rémi que son mari a eu un accident. Alarmée, elle l'invite à s'asseoir devant la cheminée. Tendant ses mains gelées vers les flammes, l'homme lui explique :

– Il a été à moitié écrasé sous un échafaudage qui s'est effondré. Il ne peut plus travailler et l'entrepreneur refuse de lui payer une indemnité.

Les beaux jours reviennent, mais pas Barberin, qui a décidé de poursuivre son employeur en justice. Le procès coûte cher, et dans presque toutes ses lettres, il demande de l'argent.

Les semaines passent et Rémi comprend que sa mère n'a presque plus un sou.

Un jour qu'il pleut à verse, sa maman lui annonce, la mort dans l'âme :

– Je vais vendre Roussette. C'est la seule solution.

Rémi est effaré et frémit quand une charrette s'arrête devant la maison.

– C’est ça, votre vache ? lance le marchand avec une moue dégoûtée quand mère Barberin amène Roussette. Les vaches de pauvre, ça n’atteint jamais un bon prix ! C’est maigre, ça ne donne pas assez de lait. Allez, je ne suis pas un mauvais bougre, vous avez de la chance !

Il lui tend quelques pièces, fouette la vache et s’exclame :

– En route !

Mais Roussette meugle, tire sur sa longe et le marchand s’étale dans la boue. Furieux, il se relève et fouette de plus belle la génisse sous les yeux horrifiés de Rémi.

– Roussette ! Roussette ! crie le garçon en courant derrière la charrette qui emporte sa vache.

Mais elle est déjà loin…

Le cœur gros, Rémi doit s’habituer à vivre sans sa Roussette. Sa maman et lui se contentent désormais de pain et de pommes de terre bouillies, car sans vache, plus de lait, plus de beurre ni de fromage…

Quand vient Mardi gras, Rémi sait que sa maman ne pourra pas le régaler de crêpes et de beignets comme les autres années. Pourtant, ce soir-là, il trouve du beurre, des œufs et trois pommes sur la table !

– Les voisins me les ont donnés, lui explique sa mère, ravie qu'il apprécie la surprise. On va se faire un excellent dîner !

Le garçon salive devant l'alléchante pâte blonde que sa mère fait couler dans la poêle. Mais un bâton heurte les marches du seuil puis un homme de haute taille à la mine patibulaire ouvre brusquement la porte, faisant entrer un vent glacial.

– Alors, on fait la fête ? lance-t-il d'un ton rude. Ne vous gênez surtout pas !

Mère Barberin reconnaît son mari à la faible lueur des bougies.

– Jérôme ! s'exclame-t-elle en se précipitant vers lui.

– Papa ? souffle Rémi, les yeux brillants.

– Mais oui, c'est lui ! confirme sa mère, la voix tremblante. Ton père est de retour !

Rémi s'avance pour l'embrasser, mais...

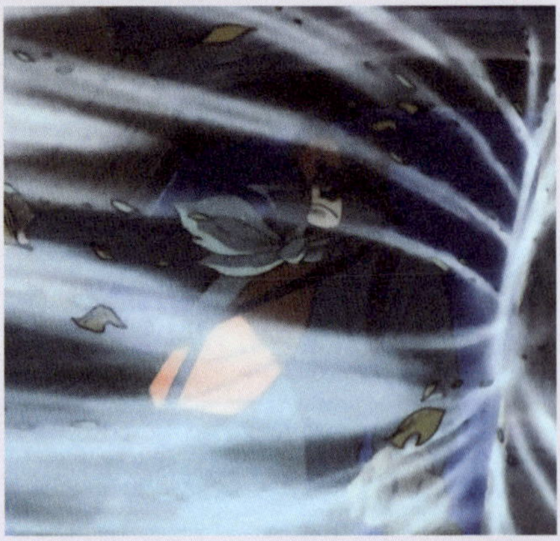

– Qui est ce gamin-là ? lâche son père en le repoussant avec son bâton.

Rémi se fige, choqué par cet accueil.

– Mais… c'est notre Rémi, notre enfant ! proteste sa femme.

– Rémi ? répète-t-il en fronçant les sourcils. Je ne connais pas de Rémi !

2

Destin scellé

D'un pas traînant à cause de sa blessure, Barberin vient s'asseoir près de la cheminée.

– J'avais l'intention de faire des crêpes et des beignets, souffle timidement sa femme. Nous pourrions faire une petite fête ? Tu es parti depuis si longtemps…

– Je marche depuis des jours ! s'emporte Barberin, l'œil mauvais. Je veux de la soupe et du pain !

La mère de Rémi s'empresse de retirer la pâte à crêpe de la poêle, y fait dorer quelques oignons, et le repas est bientôt prêt.

« Lui, mon père ? », songe Rémi, une fois couché.

Tard dans la soirée, Barberin soulève le rideau du lit.

– Il dort, conclut-il avant de rejoindre sa femme.

– Raconte-moi, Jérôme, lui demande-t-elle. Tu as perdu le procès ?

– J'ai tout perdu ! gémit-il en tapant du poing sur la table. Le tribunal a jugé que mon patron ne me devait aucune indemnité. L'argent de la vente de notre vache y est passé. Nous n'avons plus rien !

Sa femme pose une main consolante sur son épaule mais il la repousse.

– Pourquoi ce gamin est-il encore ici ? Tu aurais dû l'envoyer à l'orphelinat quand je suis parti.

– Jamais je n'aurais pu me le pardonner ! se justifie mère Barberin.

– Bon sang, ce n'est pas notre fils ! lâche son mari, les dents serrées. Ce n'est qu'un enfant abandonné, une charge inutile !

– Tu n'aurais jamais parlé comme ça avant... réplique sa femme, la gorge nouée.

Barberin ouvre la porte qui grince sur ses gonds et sort faire un tour dans la nuit glaciale. Rémi quitte alors son lit.

– Maman ! s'écrie-t-il, bouleversé, en se jetant dans les bras de sa mère.

Elle comprend qu'il a tout entendu et lui raconte comment, il y a huit ans, en allant au travail, Jérôme a trouvé sur le trottoir un bébé enveloppé dans de beaux langes. Quand il l'a pris dans ses bras, un homme embusqué s'est sauvé... Au poste de police, on lui a dit que l'enfant irait à l'orphelinat si personne ne le réclamait, et Jérôme a accepté de le garder.

Ce bébé, c'était lui, Rémi.

– Ne t'inquiète pas, je ne laisserai personne te prendre à moi ! conclut-elle, les mains du garçon serrées dans les siennes.

Le lendemain, Barberin emmène Rémi au village où le gérant du café l'invite à boire un verre. Au comptoir, Barberin lui confie qu'il se rend à la mairie pour demander le remboursement des frais qu'il a engagés pour l'éducation de Rémi pendant huit ans.

– Tu as changé, mon vieux ! soupire le cabaretier en astiquant une bouteille de vin. Tout le monde t'a admiré quand tu as recueilli cet enfant.

– Si seulement vous saviez ! lâche Barberin avec un rire nerveux. Quand j'ai vu ses langes, j'ai pensé que c'était un petit d'une famille riche qu'on avait enlevé à sa mère. Que ses parents chercheraient à le retrouver et qu'ils me paieraient une récompense. Ça n'a pas marché comme prévu. Ce gosse m'a coûté beaucoup trop cher !

– Monsieur, j'ai peut-être une bonne affaire à vous proposer...

Assis dans l'ombre, un vieil homme à la barbe blanche s'avance vers Barberin, suivi de ses trois chiens, un noir et deux blancs, dont un caniche. D'une carrure impressionnante, il porte les cheveux longs, un large couvre-chef

de feutre bleu orné de deux plumes colorées et de rubans rouges entrecroisés, une peau de mouton et des guêtres en laine serrées par des rubans identiques à ceux de son chapeau.

« Quel costume étrange ! s'étonne Rémi. Qui peut bien être cet homme ? »

– Une affaire ? répète Barberin qui s'est tourné vers l'inconnu, l'œil brillant. De quel genre ?

– Je vous l'achète, votre enfant abandonné !

Scrutant Rémi, qui est effaré, il ajoute :

– Mais il n'a pas l'air très costaud...

– Ne vous fiez pas aux apparences ! réplique Barberin qui compte bien saisir cette chance inespérée. C'est de la bonne graine de campagnard. Faut le voir à l'ouvrage. Et jamais malade ! Mais j'aimerais savoir ce que vous comptez faire de lui.

– Pardon, j'aurais dû commencer par là ! s'excuse le vieil homme tandis que Rémi, pétrifié, a l'impression d'être à la place de sa Roussette, jaugée et palpée par le désagréable marchand.

Que va-t-il advenir de lui ?

3

Le voyage commence

L'inconnu entraîne le cabaretier et Barberin dans la cour du café et, au geste qu'il fait de la main, ses chiens s'alignent docilement derrière lui.

– Permettez-moi de me présenter : signor Vitalis ! s'exclame-t-il en soulevant son chapeau coloré. La réputation de ma troupe dépasse les frontières de la France.

– Ah, vous êtes artiste ambulant ! devine le gérant qui se tient sur le pas de la porte.

– En effet ! confirme Vitalis. Toujours sur les chemins, je gagne ma vie suivant les hasards de la bonne ou de la mauvaise fortune.

Une longue queue marron apparaît alors dans son dos et un petit animal vêtu d'un costume de général anglais, rouge et galonné d'or, surgit de sous sa peau de mouton et bondit sur son couvre-chef.

– Voici le premier artiste de ma troupe : monsieur Joli-Cœur ! annonce Vitalis d'un air théâtral. Mon ami, saluez la société !

Le singe retire son képi orné d'un plumet et sourit, exhibant ses dents blanches.

– Faut le voir pour le croire ! s'exclame le cabaretier, la mine réjouie.

Rémi, qui n'a jamais vu de singe, est stupéfait lui aussi. Puis Vitalis siffle, et les trois chiens se dressent sur leurs pattes arrière.

– Maintenant, le signor Capi ! reprend-il, tendant la main vers son grand chien blanc qui porte un petit képi de gendarme sur la tête.

L'animal s'avance, aboie fièrement, puis pousse tour à tour le chien noir et le caniche blanc vers son maître tandis que celui-ci déclare :

– Cet élégant à poils noirs est le signor Zerbino, et cette jeune personne à l'air modeste, la signora Dolce.

Puis, Vitalis se tourne vers le chef de ses chiens.

– Signor Capi, auriez-vous l'obligeance de nous donner l'heure ?

Capi aboie, s'élance vers le cabaretier et tire la montre à gousset de sa poche. Puis, il revient se planter devant son maître et lance deux aboiements forts et un faible.

– Capi me fait savoir qu'il est deux heures et demie.

Le gérant regarde sa montre et s'exclame :

– Bravo Capi, c'est exact !

Mais Barberin s'impatiente.

– Des chiens merveilleux, ça ne remplit pas l'estomac, remarque-t-il en frappant le sol de son bâton. À moins que… Ah, je comprends ! Vous voulez apprendre quelques numéros à ce garçon et lui faire gagner de l'argent.

– On ne peut rien vous cacher, lui répond Vitalis.

Tirant parti de la situation, Barberin ajoute :

– Vous allez gagner de l'argent grâce à lui, alors j'ai droit à une petite augmentation, non ?

Inquiet sur son sort, Rémi attend plus d'une heure dans la cour tandis que son père et le vieil artiste parlementent à l'intérieur. Enfin, Barberin ressort.

– Viens, on rentre à la maison ! annonce-t-il à Rémi.

Le garçon saute de joie à l'idée de ne pas être vendu, et bientôt ils rejoignent mère Barberin, qui sent que son mari lui cache quelque chose.

– Je ne me séparerais de Rémi que si ses vrais parents venaient le chercher, assène-t-elle, une fois le garçon couché.

Barberin, qui a défendu à Rémi de parler de Vitalis à sa mère, endort sa méfiance : il n'est plus question d'orphelinat. Mais le lendemain, il envoie sa femme au village de bonne heure, et son absence ravive les inquiétudes de Rémi.

Alors qu'il arrose les fleurs de son jardinet, Rémi entend aboyer et tressaille. Levant les

yeux, il aperçoit Vitalis et ses chiens. Soudain il comprend tout : son père l'a vendu au saltimbanque et a éloigné sa mère pour qu'elle ne puisse ni protester ni le défendre.

Barberin sort aussitôt de la maison et tend à Vitalis une sacoche contenant les affaires du garçon. L'artiste s'en saisit puis dépose quelques pièces dans la main de Barberin.

– Voilà vos quarante francs !

Le vieil homme passe la bandoulière de la sacoche en travers de l'épaule de Rémi et lui saisit le poignet.

– Allez, en route !

Quand la femme de Barberin rentre chez elle, son mari lui avoue tout.

Horrifiée, elle court au hasard à travers les prés, cherchant vainement son Rémi.

– Maman ! Maman ! crie le garçon, en larmes, du haut d'une colline.

Mais il est déjà loin, et sa voix se perd dans le vent…

Chaque pas éloigne un peu plus Rémi de Chavanon. Ses sabots lui font mal aux pieds et il peine à suivre Vitalis et ses chiens, habitués aux longues marches. Quand ils s'arrêtent, ce n'est que le temps de manger un morceau de pain, qui fait regretter à Rémi la bonne soupe chaude de sa mère.

Le soir, la pluie se met à tomber. Brisé de chagrin et de fatigue, Rémi s'abrite sous la longue cape de son maître, qui aperçoit bientôt une borne au bord du chemin.

– Nous n'arriverons pas ce soir à Ussel, déplore-t-il. Il faut trouver un gîte pour la nuit.

Mais partout où ils passent, on leur refuse l'hospitalité. Quand enfin une dame semble disposée à leur prêter sa grange, Zerbino se glisse dans sa maison, renverse le ragoût qui était en train de cuire et dérobe un os. Outrée, la femme leur claque la porte au nez.

– Tu vois ce que tu as fait ? le gronde Vitalis. Tu peux être fier !

Tous se remettent en route sous la pluie qui a redoublé. Mais Rémi s'écroule.

– J'ai faim, gémit-il. Je n'en peux plus…

– Encore un effort ! l'encourage Vitalis avec un sourire.

« Il est sévère mais pas méchant », songe Rémi en se relevant, réconforté.

Finalement, un homme les accueille dans son moulin, et Vitalis partage du pain entre tous les membres de la troupe. Enfin presque…

– Zerbino, tu n'auras rien, tu es puni ! lance-t-il au chien noir d'un air menaçant.

L'animal grogne mais finit par s'éloigner, la truffe basse, pour disparaître dans un coin.

Son maigre repas avalé, Rémi s'allonge dans la paille et pleure sans bruit. Mais Capi se couche près de lui et lui lèche le visage. Le cœur réchauffé, Rémi le caresse et finit par sombrer dans le sommeil.

4

Premier succès

Le lendemain, il fait grand soleil ; Rémi et Vitalis cheminent sans encombre jusqu'à Ussel, en Corrèze. Rémi découvre enfin une ville, lui qui n'a jamais quitté Chavanon ! Et surtout, il est pressé de porter les chaussures en cuir que son maître a promis de lui acheter.

Ils s'arrêtent dans l'échoppe.

– Je prends cette paire, dit Vitalis au vendeur quand Rémi a essayé des souliers légers à semelle cloutée qui lui vont parfaitement bien. Montrez-moi aussi une veste en velours, un pantalon de laine, un chapeau de feutre et une chemise !

Rémi ressort avec un gros paquet dans les bras, ébloui par tous ces cadeaux inespérés.

Mais à l'auberge, sous les yeux effarés de Rémi, Vitalis coupe le pantalon à hauteur des genoux, y attache des bas et entrecroise des rubans rouges. Il orne le chapeau des mêmes rubans et d'une plume blanche.

– Tu auras l'air Italien, et dans les rues, tu attireras l'attention, lui explique son maître. Un acteur ambulant doit avant tout intriguer le public, vois-tu ?

Rémi, qui se rêvait aussi élégant que les enfants des villes, n'aime pas du tout son reflet dans le miroir. Quel accoutrement ! Mais déjà Vitalis l'entraîne dehors pour ses premières leçons de comédie.

– Tu n'es plus un garçon de village, lui assène-t-il. Demain, le public va te juger à l'œuvre. Ce sera ta première représentation !

Les répétitions sont fatigantes pour Rémi, qui peine à accepter l'idée qu'il doit désormais travailler, et comme comédien ambulant, qui plus est…

Le lendemain, les fenêtres s'ouvrent au passage d'un curieux cortège qui défile à travers la ville. En tête, Vitalis joue fièrement du fifre. Derrière lui, Rémi marche avec une raideur toute militaire dans son costume bigarré. Il est suivi de Joli-Cœur qui tape sur un tambour, assis sur le dos de Capi. Vêtus d'élégants vestons vert et rose, Zerbino et Dolce ferment la marche.

– Habitants de la bonne ville d'Ussel ! commence Vitalis quand suffisamment de villageois se sont rassemblés autour d'eux. Vous avez certainement entendu parler de la troupe du célèbre signor Vitalis. Eh bien la voilà devant vous !

Le vieux comédien saisit son violon et joue un air entraînant tandis que Zerbino et Capi font sauter Dolce à la corde. Puis Joli-Cœur, l'incomparable jongleur, lance des petits cerceaux qu'il rattrape habilement. Zerbino fait ensuite l'équilibriste sur un ballon.

Capi enchaîne avec le numéro de la montre à gousset.

Rémi, lui, attend son tour, mort d'inquiétude à l'idée de tout faire rater.

– Et maintenant, mesdames et messieurs, le clou de notre spectacle ! prévient Vitalis après une vague d'applaudissements. La pièce

comique *Le Domestique de monsieur Joli-Cœur ou Le plus bête des deux n'est pas celui qu'on pense* !

Tout en jouant quelques notes de harpe, il expose le début de l'histoire :

– Monsieur Joli-Cœur est un général en retraite, un ancien héros de l'armée britannique. À son grand regret, il n'a qu'un domestique : Capi. Alors le général a décidé d'engager un nouveau valet. Mais un homme, cette fois-ci, car les hommes ont toujours exploité les animaux et il est temps d'inverser les rôles !

Le public s'esclaffe tandis que le singe en costume écarlate se tortille sur une chaise près de Capi, raide comme un i, et enchaîne les mimiques en fumant la pipe.

– Enfin, le nouveau valet se présente chez le général… continue Vitalis, jetant un coup d'œil inquiet à Rémi.

Les jambes tremblantes, le garçon prend un air idiot et entre en scène.

– Toc, toc, toc ! lance-t-il en faisant semblant de frapper à une porte. Je suis bien chez le général Joli-Cœur ?

Rémi récite sans faute la suite de son texte et enchaîne les saynètes comiques, marchant à quatre pattes avec Capi et Joli-Cœur sur le dos

et multipliant les balourdises qui exaspèrent le général. Le public applaudit à tout rompre, conquis ! Enfin, les artistes saluent en musique tandis que Capi fait le tour des spectateurs, dressé sur ses pattes arrière, tenant entre ses dents le chapeau de Vitalis où les pièces viennent tinter gaiement. La recette est excellente. La petite troupe donne deux autres représentations avant le soir.

– Tu as obtenu un beau succès, je te félicite ! souffle Vitalis à Rémi à la fin de la journée.

Rémi est fier, et surtout soulagé. Le voilà membre à part entière de la troupe !

5

Classe en plein air

Rémi s'est habitué à Vitalis, ils parcourent ensemble les chemins du matin au soir, toujours en quête de nouveaux publics.

– Vous connaissez le nom de toutes les villes de France ? lui demande Rémi un jour, après s'être rafraîchi le visage au bord d'une rivière.

– Non, je suis Italien et c'est la première fois que je viens par ici, lui avoue Vitalis en coupant du pain, assis au bord de l'eau. Tu te demandes comment je trouve mon chemin dans cette région ?

Il lui tend un ouvrage épais rempli de photographies des villes et villages du pays et ajoute :

– Vois-tu, je me sers de livres et de cartes pour savoir où je suis et où je vais.

Rémi, qui n'est jamais allé à l'école, tourne les pages, fasciné. Peu après, il se plante devant son maître et bafouille :

– Je veux… Enfin, je voudrais… Le livre… Si je savais…

– Tu veux que je t'apprenne à lire, c'est ça ? lui demande Vitalis, amusé.

– Oh oui ! s'exclame Rémi, les yeux brillants.

À la première occasion, son maître taille des petits carrés de bois et y creuse les lettres de l'alphabet avec son canif. Ces leçons égaient désormais les longues marches de Rémi, et en quelques jours, il sait écrire son prénom, former des mots et les épeler.

Côté gagne-pain, les résultats sont moins bons.

Un jour, alors qu'ils traversent un village désert, ils sont pris en chasse par des chiens hargneux.

– C'est souvent comme ça ! confie Vitalis à Rémi, essoufflé d'avoir trop couru. Parfois, c'est pire : les spectateurs sont nombreux mais ne donnent pas d'argent. Seulement, souviens-toi : on doit toujours garder la tête haute !

Le lendemain, la pluie les empêche de jouer, et ils se contentent du grenier poussiéreux d'une auberge, faute d'argent pour se payer mieux. Le toit fuit, mais au moins ils sont à l'abri !

Rémi et Vitalis ont donné plusieurs spectacles à Aurillac, en Auvergne, et Rémi sait désormais parfaitement lire, écrire et compter.

Un soir, Vitalis joue de la harpe en chantant à la belle étoile une complainte italienne. Bien qu'il ne comprenne pas les paroles, Rémi est touché par les accents mélancoliques de sa voix grave et pressent que son existence a été brisée autrefois.

– J'aimerais chanter aussi bien que vous ! le complimente-t-il quand le silence est retombé.

– Ça te plairait que je t'apprenne quelques airs ? lui demande Vitalis.

Rémi acquiesce, ravi, et pendant des semaines, Vitalis lui enseigne la musique à ses heures perdues. L'enfant apprend les notes de la gamme, le chant et commence à déchiffrer des partitions. Il révise en parcourant les chemins et le soir, à la clarté du feu de camp. Volontaire et appliqué, Rémi finit par maîtriser quelques airs à la flûte, à la harpe et au violon.

– Parfait ! Ta voix se développe, remarque un jour Vitalis. Elle est meilleure, mais tu dois encore la travailler.

Le garçon a compris que l'exigence de son maître à son égard le pousse à donner le meilleur de lui-même, et il s'attache de plus en plus au vieil homme.

6

Un incident inattendu

Cela fait un an que le signor Vitalis a quitté Chavanon avec Rémi. Après l'Auvergne, ils ont vu Bordeaux puis ont traversé les Landes jusqu'à Pau.

Au printemps, ils sont partis vers l'est, admirant en route les cimes bleu grisé des Pyrénées, et, enfin, les voilà à Toulouse. Ils trouvent une chambre puis vont jouer sur un boulevard où ils recueillent de vifs applaudissements.

Vers la fin du spectacle, Vitalis saisit son violon et commence le récit de la comédie du jour :

– Mesdames et messieurs, depuis que le célèbre général Joli-Cœur s'est retiré des affaires militaires, la vie lui semble morne et sans intérêt. Il se console avec sa seule passion : manger ! En cherchant des restes dans la cuisine, il tombe sur une épice indienne extrêmement forte.

Pendant qu'il parle, le petit singe enchaîne les mimiques comiques sous les rires de la foule : il tape son couteau et sa fourchette, fait valser une pile d'assiettes puis se jette sur le contenu d'une salière avant de courir en tous sens comme s'il avait la gorge et l'estomac en feu.

– Le valet de chambre Zerbino envoie le domestique Rémi chercher un médicament, poursuit Vitalis. Hélas, Rémi, qui ne brille pas par son intelligence, rapporte une potion qui fait rire !

Zerbino tapote de sa patte le ventre de Rémi, qui prend un air stupide. Il soulève son chapeau, sous lequel se trouve un flacon, et le tend à Joli-Cœur. Celui-ci en boit avidement le contenu et se roule par terre, hilare.

– Heureusement, le docteur Capi et son infirmière Dolce sont appelés au chevet du géné…

– Quel est cet attroupement-là ?

Surpris, Vitalis, Rémi et les animaux se sont figés comme des statues. Un murmure parcourt les spectateurs qui s'écartent pour laisser passer un gendarme à cheval.

– Qui vous a permis de jouer ici ? lance-t-il à Vitalis. Montrez-moi votre autorisation !

Effrayé, Joli-Cœur s'agrippe à la jambe de son maître et Rémi retient son souffle.

– Une autorisation ? s'étonne Vitalis.

– Toulouse est une ville respectable ! reprend le gendarme, le toisant comme s'il était un chien galeux. Les comédiens ambulants doivent obtenir une autorisation de la mairie. Si vous n'en avez pas, allez-vous-en, et tout de suite !

Vitalis n'apprécie pas le ton agressif et méprisant du gendarme, mais il l'assure humblement

qu'il n'était pas au courant et qu'il va se mettre en règle.

– Je ferme les yeux pour aujourd'hui ! grommelle l'agent en s'éloignant tandis que les spectateurs se dispersent, mécontents qu'il ait interrompu le divertissement.

Vitalis, lui, se rend sur-le-champ à l'hôtel de ville.

Le lendemain, tous reprennent le spectacle, espérant enfin être payés de leurs efforts.

Mais le gendarme réapparaît…

– C'est une autorisation en bonne et due forme, constate-t-il avec un mauvais sourire quand Vitalis lui tend le papier qu'il a obtenu à la mairie. Mais je ne peux pas vous laisser jouer.

– Mais hier vous avez dit…

– Un règlement municipal stipule que tous les animaux sur la voie publique doivent être muselés, le coupe l'agent, plus hargneux que la veille. Ce n'est pas le cas de vos chiens, alors prenez vos affaires et fichez le camp !

Vitalis s'insurge : museler ses comédiens ? Absurde ! Et puis ils ont été dressés et ne feraient pas de mal à une mouche.

– C'est vrai, ils ne sont pas dangereux ! le soutient un spectateur, agacé.

– Fichez-leur la paix ! s'écrie un autre tandis que s'élève une vague de protestations.

Exaspéré qu'on se moque de lui, le gendarme descend de cheval et frappe Capi et Dolce avec son bâton. Aussitôt, Zerbino montre les crocs.

– Non, Zerbino ! s'écrie Vitalis.

Trop tard ! Le chien bondit sur l'agent et le mord au bras, déchirant son uniforme.

– Vous prétendez toujours que vos animaux ne sont pas dangereux ? hurle-t-il, ravi du piège qu'il a tendu à Vitalis.

– Mais qu'avez-vous contre nous ? s'indigne le vieil homme.

Le gendarme ricane et lance d'un air narquois :

– Muselez vos bêtes ou partez !

Choqué par cette injustice, Vitalis se laisse emporter par la colère et se jette sur l'agent qui déclare :

– Je vous arrête !

Il emmène immédiatement Vitalis au poste de police, tandis que les spectateurs murmurent, attristés pour le vieux comédien.

Sous le choc, Rémi rentre à l'auberge avec les animaux, le cœur triste et le ventre creux.

7

Seul sur les routes

Les jours suivants s'écoulent dans l'angoisse pour Rémi qui n'a pas été autorisé à voir son maître.

Mais Vitalis lui fait parvenir une lettre par l'aubergiste dans laquelle il le rassure et l'informe qu'il sera jugé dans une semaine.

Le samedi suivant, Rémi s'assoit avec appréhension dans la salle d'audience du palais de justice. Son maître, menotté, se tient à la barre des accusés, mais le regard chaleureux qu'il lui lance le réconforte.

Bientôt, la voix du juge s'élève :

– Vous êtes accusé de coups et blessures sur un agent public pendant l'exercice de ses fonctions. Admettez-vous les faits ?

– Monsieur le président, je reconnais que j'ai porté la main sur un gendarme, lui répond Vitalis, droit et digne. Mais j'aimerais vous exposer le détail des circonstances qui m'ont conduit à ce geste.

À sa grande stupéfaction, le juge frappe trois coups de maillet et déclare :

– Inutile ! Tous les faits sont dans le procès-verbal. Je procède donc au jugement !

Vitalis insiste pour qu'on l'entende, mais le juge lui refuse ce droit sous prétexte qu'il a menti sur son identité : aucun Vitalis n'est connu des autorités italiennes !

Rémi est abasourdi, et le vieux comédien comprend que tout est perdu.

Le juge, lui, se lève et prononce la sentence :

– L'accusé est condamné à deux mois d'emprisonnement et à cent francs d'amende. Qu'on l'emmène !

Deux gendarmes se saisissent de Vitalis et la porte se referme bientôt derrière eux...

Atterré, Rémi regagne la sortie et s'effondre, en pleurs, sur les marches du tribunal. Restés près du bâtiment, les chiens et Joli-Cœur viennent se frotter contre lui en poussant de petits gémissements plaintifs.

– Vous m'avez attendu, mes pauvres chéris ! leur souffle Rémi en séchant ses larmes sous la pluie battante.

Soudain, le garçon voit les gendarmes pousser Vitalis dans un fourgon. Il s'élance aussitôt, suivi des chiens. Mais le cocher fouette les chevaux et le véhicule s'éloigne, emportant Vitalis vers la prison.

– Maître Vitalis ! s'époumone Rémi.

– Rémi, mon fils, ne pleure pas ! crie le malheureux artiste, agrippé aux barreaux de la fenêtre. Un homme doit apprendre à vivre sans dépendre des autres. Courage !

Quand Rémi a payé l'hôtelier, il ne lui reste que onze sous en poche. Même pas de quoi s'offrir un tout petit repas... Le garçon se souvient alors des paroles de son maître, et dès le lendemain, la harpe sur le dos, il quitte la ville, bien décidé à gagner de quoi nourrir la troupe dont il est désormais le chef.

Dans le premier village où il s'arrête, Rémi entre dans une boulangerie. Le pain le moins cher est à huit sous, et la marchande refuse de

lui en couper une moitié. Il quitte donc la boutique inquiet de n'avoir plus que trois sous et rejoint ses amis à quatre pattes, excités par l'odeur du pain frais.

– Voilà notre déjeuner ! leur lance Rémi en s'installant au bord d'une fontaine.

Gardant une ration pour le lendemain, il tranche cinq petites parts égales, et quand chacun a terminé ce bien maigre repas, Rémi empoigne sa flûte et traverse le village en musique. Mais il s'arrête vite, dépité, en voyant trois clowns acrobates qui finissent justement leur représentation.

Quand les spectateurs se dispersent, le chef des artistes compte sa recette, sourire aux lèvres. Mais en apercevant Rémi, il grimace et l'empoigne par le col.

– On ne veut pas de concurrents, ici ! le menace-t-il. Ne reste pas dans les parages ou tu auras de sérieux ennuis !

Rémi prend ses jambes à son cou sous les ricanements des clowns et tente sa chance sur la place d'une autre bourgade.

– Mesdames et messieurs, venez admirer l'incomparable Capi qui marche sur ses pattes de devant et le célébrissime général Joli-Cœur qui fait des bulles de savon ! lance-t-il joyeusement en frappant son tambourin tandis que les animaux dansent autour de lui. Approchez, approchez, le spectacle va commencer !

Volets et portes s'ouvrent en nombre et des familles souriantes se rassemblent bientôt autour d'eux. Mais voilà qu'un agent à l'air féroce vient à nouveau réclamer une autorisation ! Rémi s'enfuit précipitamment, et la nuit est tombée qu'il marche toujours... Il est aussi exténué et affamé que ses animaux, qui le suivent la tête basse et la mine triste.

8

Rencontre au bord de l'eau

Blotti sous sa cape, Rémi frissonne dans le matin brumeux. La veille au soir, ses petits compagnons et lui ont finalement mangé le pain qu'il leur restait, puis se sont endormis à l'abri d'une ruine. Réconforté par les rayons du soleil, Rémi donne le signal du départ.

Quand il arrive dans un village qui semble prospère, il reprend confiance et dépense ses dernières pièces pour acheter du pain afin que ses artistes ne jouent pas le ventre creux. Mais aucun d'eux n'est rassasié. Dolce renifle tristement les pavés en quête d'un surplus. Quant à Zerbino, il quitte brusquement la troupe.

– Zerbino, attends ! lui lance Rémi en lui courant après avec les autres.

Mais au détour d'une ruelle, des cris retentissent.

– Au voleur ! Au voleur ! Arrêtez-le !

Un gigot dans la gueule, Zerbino est poursuivi par un boucher furieux.

Quand il aperçoit Rémi, le commerçant rameute tout le quartier, et le garçon s'enfuit.

Des villageois lui coupent la route dans un passage sombre et le boucher, menaçant, exige d'être payé.

– De l'argent ? bafouille Rémi, terrifié. Mais monsieur, je n'en ai pas…

– Alors je t'emmène à la police, petit voleur !

Mais Capi bondit sur le boucher, faisant diversion, et Rémi court à perdre haleine jusqu'à ce qu'il soit en pleine campagne. Essoufflé, il se laisse tomber près du canal du Midi, imité par Dolce, Capi et Joli-Cœur.

Quand le chien noir les rejoint, il se lèche les babines, rassasié.

– Viens ici, Zerbino ! lui ordonne Rémi qui tient à maintenir la discipline au sein de la troupe. Tu mérites une punition !

Mais le fautif s'enfuit à toutes pattes, laissant Rémi désemparé.

– Ramène-le-moi ! exige-t-il alors de Capi.

Le chef des chiens lève vers lui ses yeux tristes, obéit sans conviction, et revient seul et couvert de blessures. Rémi comprend qu'il s'est battu avec Zerbino et a abandonné la partie.

Résigné à attendre le retour du voleur et à passer l'éponge, Rémi s'assoit au bord de l'eau avec Capi, Dolce et Joli-Cœur. Pour oublier sa peine, il admire les reflets des peupliers dans le canal et la contrée verdoyante. Puis, il saisit sa harpe, joue son air préféré, et tandis que ses doigts courent sur les cordes, les larmes coulent doucement sur ses joues.

Soudain, des applaudissements lui font lever les yeux et il s'immobilise, ébloui.

Une péniche qui a glissé sans bruit sur les eaux s'est arrêtée à sa hauteur. À bord, vêtue d'une robe mauve ornée d'un col de dentelle, une dame élégante au regard mélancolique lui

sourit. Près d'elle, un garçon pâle assis dans un fauteuil ne le quitte pas des yeux.

– Bonsoir, jeune homme ! C'est un très bel air que vous chantez ! le complimente la dame, qui parle avec un accent étranger. Vous dirigez une troupe de comédiens ?

Rémi acquiesce. Elle lui demande alors s'il accepterait de distraire son fils, Arthur. Plein d'espoir, le garçon ne se fait pas prier ! Il fait signe aux animaux et ils jouent joyeusement tout leur répertoire sous la lumière du couchant.

Enfin, les artistes saluent sur la berge.

– Bravo ! Bravo ! s'exclame Arthur, les yeux brillants, tandis que sa mère applaudit, charmée elle aussi. Oh, maman, donnez-leur de l'argent. Beaucoup !

– Vous avez raison, ils l'ont bien mérité ! lui souffle sa maman.

Et, se tournant vers le marinier qui pilote la péniche, elle déclare :

– Approchez de la berge et jetez la passerelle !

Quand la dame descend de la péniche, Capi court au-devant d'elle. Une fois à ses pieds, il se dresse sur ses pattes arrière et lui tend le couvre-chef de Rémi.

– Vos animaux sont merveilleusement bien dressés ! s'exclame-t-elle avec un rire léger en

déposant de l'argent dans le chapeau. Je n'en ai jamais vu d'aussi drôles.

Rémi les rejoint et compte la recette : trois francs et cinquante sous. Une vraie fortune !

– Merci infiniment, madame ! lui dit-il, soulagé et reconnaissant.

Il salue poliment et s'apprête à se remettre en route, mais la belle dame le retient.

– Attendez ! lui lance-t-elle. Restez à bord de notre bateau pour la nuit. Vous devez avoir faim.

Joli-Cœur bondit vers la dame, qui le prend dans ses bras.

– Ah, quelqu'un s'est décidé à accepter mon invitation ! s'amuse-t-elle.

Rémi lui avoue qu'il doit partir à la recherche d'un grand chien noir qui fait partie de sa troupe. Mais qui aperçoit-il alors, couché tristement au pied d'un arbre ?

– Oh, Zerbino ! s'exclame le petit garçon.

Fous de joie, Rémi, Dolce, Capi et Joli-Cœur courent vers leur ami dans un joyeux concert d'aboiements et de rires. Rémi le couvre de caresses et tout est pardonné !

9

Souvenirs douloureux

N'ayant plus aucune raison de refuser l'offre généreuse de l'élégante voyageuse, Rémi et sa troupe bondissent à bord le cœur léger.

Rémi apprend que sa bienfaitrice est anglaise et se nomme madame Milligan. Il fait la connaissance des passagers de la péniche, qui s'appelle *Le Cygne* : la cuisinière, le maître d'hôtel, le marinier qui pilote le bateau, et le haleur qui guide les chevaux qui tirent le navire depuis la rive. Puis, en prenant un repas revigorant, Rémi raconte à la mère d'Arthur comment il a été séparé de Vitalis, injustement condamné.

Quand vient l'heure du coucher, madame Milligan installe Rémi dans une cabine confortable où le rejoignent ses animaux. Elle lui prête un pyjama d'Arthur et il se glisse sous de douces couvertures.

– Madame, je ne sais pas comment vous remercier ! s'exclame Rémi, touché par tant de gentillesse.

– C'est nous qui sommes heureux de vous avoir avec nous ! lui répond-elle, ravie de lui faire plaisir.

Épuisé, Rémi ne tarde pas à s'endormir et madame Milligan remonte les draps sur lui.

« Pauvre enfant ! songe-t-elle en éteignant la lampe. Il n'a que quelques années de plus qu'Arthur et il a déjà tant souffert... »

Quand Rémi se réveille après une bonne nuit de sommeil, ses animaux dorment encore tous

profondément. Sauf Joli-Cœur, mais il se laisse bien vite retomber sur l'oreiller douillet ! Rémi, lui, monte sur le pont où il fait plus ample connaissance avec Arthur, rivé à son fauteuil.

– Je ne peux rien faire, même pas marcher ! gémit-il, en montrant à Rémi ses jambes malades.

Quand madame Milligan les rejoint, ils déjeunent tous ensemble avec les animaux. Puis, la petite troupe donne un spectacle qui ravit une fois encore Arthur. Mais le garçon s'assombrit en voyant le maître d'hôtel et le marinier apporter une planche.

– Non, je ne veux pas ! proteste-t-il.

– Arthur, vous vous conduisez comme un bébé ! le rabroue sa mère.

Malgré ses gesticulations, les deux hommes attachent Arthur sur la planche et l'emmènent dans sa cabine.

– Ne vous inquiétez pas, souffle madame Milligan à Rémi. Il est toujours comme ça.

Elle lui explique alors qu'Arthur, de santé fragile, souffre d'une coxalgie, une maladie de la hanche qui l'empêche de bouger. Dans l'espoir qu'il puisse remarcher un jour, son médecin lui a conseillé de le maintenir allongé par moments. C'est la raison pour laquelle elle a fait construire cette maison flottante qui marche pour lui et lui permet de voir du pays.

S'asseyant au soleil avec Rémi, la mère d'Arthur ajoute :

– J'aimerais beaucoup que vous veniez en voyage avec nous. Depuis votre arrivée, mon fils est transformé ! Il y a longtemps qu'il n'a pas été aussi heureux.

Rémi est émerveillé par cette proposition aussi généreuse qu'inattendue !

– Je ne peux pas, madame... répond-il pourtant à regret. Je dois être là pour accueillir mon maître quand il sortira de prison. Si je le retrouve dans deux mois…

Les larmes lui viennent, mais il s'est promis d'être courageux et passe aussitôt sa manche sur ses yeux, un peu honteux.

– Vous le retrouverez ! le rassure madame Milligan en lui prenant les mains. Je crois pouvoir tout arranger pour qu'il sache où vous rejoindre le moment venu.

Rémi est rassuré, et peu après…

– On peut y aller ! s'exclame le marinier en larguant l'amarre qui retenait le bateau.

Sur la rive, le haleur fait avancer les chevaux, et la péniche reprend son périple sur le canal.

Un soir, après avoir couché Arthur et Rémi, madame Milligan va prendre l'air sur le pont. Dans la fraîcheur de la nuit, elle pleure doucement en pensant au fils qu'elle a eu avant

Arthur et qui a disparu dans des conditions mystérieuses, sans doute enlevé par des voleurs d'enfants. Depuis des années, elle tente, en vain, de le retrouver...

« Il aurait l'âge de Rémi », songe-t-elle en regardant le reflet de la lune sur les eaux calmes.

10

Leçon d'un ami

À bord du *Cygne*, Rémi fait le plein de bonheur et de douceur. Finies les longues marches éreintantes sous la pluie ! Villes et paysages défilent chaque jour sous ses yeux. Et plus besoin de se soucier de nourrir sa troupe et de trouver un abri pour la nuit. Rémi se régale de plats exquis et profite des longues soirées estivales pour jouer de la harpe ou de la flûte pour divertir Arthur avant de rejoindre son lit au matelas moelleux. Mais plus important pour lui : les passagers le traitent tous avec égards, sans esprit de supériorité, et il goûte enfin au plaisir de la vie de famille. Quant aux animaux, ils mangent

comme des rois eux aussi, et quand ils ne donnent pas de spectacle, ils se dégourdissent les pattes sur la berge.

Quand *Le Cygne* atteint la cité médiévale fortifiée de Carcassonne, madame Milligan, Arthur et Rémi vont se promener dans les ruelles et prennent le thé dans un agréable café. Mais quand Rémi monte sur les remparts pour admirer le paysage, Arthur, vexé de ne pouvoir le rejoindre, demande à sa mère de le ramener à bord.

« Il a de la chance, Rémi, de pouvoir s'amuser toute la journée... songe Arthur, maussade. Pourquoi je ne fais pas ce que je veux, moi ? »

Au retour, il rechigne à apprendre une fable que sa mère tente vainement de lui faire réciter.

– Combien de fois faudra-t-il que je vous la répète ? s'agace-t-elle en tapant sur la table. Faites un effort, essayez encore !

Assis à l'avant du navire, Rémi n'a jamais vu madame Milligan faire preuve d'autant de sévérité. Mais en étudiant auprès de son maître Vitalis qui s'est toujours montré exigeant, il a compris que la fermeté était nécessaire pour former le caractère.

Soudain, alors qu'Arthur, hésitant, reprend sa récitation, Joli-Cœur bondit sur le chapeau de Rémi en poussant des cris aigus.

– Oh, j'en ai assez, ils font trop de bruit ! s'énerve le garçon en jetant un regard noir à Rémi. Comment voulez-vous que j'apprenne ?

Madame Milligan ferme le livre d'un coup sec et se lève, exaspérée.

– En voilà assez, vous êtes insupportable ! Comment osez-vous faire des reproches à vos amis alors que vous êtes incapable du moindre effort de concentration ? Vous allez faire des excuses immédiatement !

– Excusez-moi, *mummy*, dit Arthur, les yeux baissés. Je ne recommencerai pas.

– C'est à vos amis que vous devez présenter des excuses ! s'exclame madame Milligan.

– Je ne veux pas !

– Je ne vous aiderai plus pour vos leçons tant que vous n'aurez pas présenté vos excuses ! insiste sa mère, à bout de patience. Et apprenez cette fable !

Elle lui laisse le livre et s'éloigne, peinée. Arthur relit la fable, il tente de s'appliquer, mais il s'endort et l'ouvrage lui tombe des mains. Rémi le ramasse, curieux, et lit la fable à voix haute.

Arthur s'est réveillé et l'a écouté.

– Pardonnez-moi, Rémi... s'excuse-t-il enfin. J'aimerais lire cette fable comme vous !

Quand sa mère revient, elle est émerveillée de l'entendre réciter sans faute.

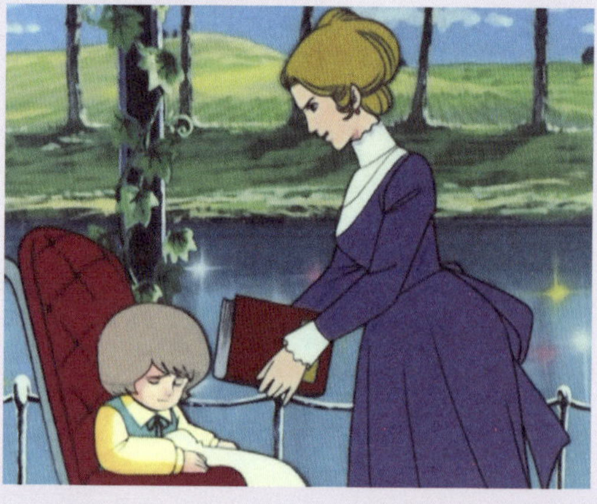

– Rémi m'a appris son secret ! avoue Arthur en riant.

Rémi explique alors à madame Milligan qu'on retient plus facilement si on voit dans sa tête ce qu'on lit :

– J'imagine que je suis le nuage blanc au-dessus de la ferme au bord du Rhône. Puis je vois un berger qui joue de la flûte pour ses moutons. Alors c'est moi qui deviens le berger… et le reste de l'histoire vient tout seul.

– Je ne sais comment vous remercier ! s'exclame madame Milligan. Je pensais qu'Arthur n'apprendrait jamais ! Vous êtes un bon garçon, Rémi.

11

Les adieux

Deux mois se sont écoulés depuis que Rémi est monté à bord du *Cygne*. Il appréhende le moment où il lui faudra quitter madame Milligan, qui lui a offert l'affection d'une mère, et Arthur, qu'il aime comme un frère.

Quelques jours avant la sortie de prison de Vitalis, Arthur sombre dans la mélancolie. Bientôt, il n'entendra plus les chansons de son ami…

– Je voudrais que Rémi reste pour toujours ! confie-t-il à sa mère.

Un après-midi, alors que Rémi et madame Milligan se promènent sur la rive…

– Aimeriez-vous être le grand frère d'Arthur ? lui demande-t-elle les yeux brillants. Je serais très heureuse si vous pouviez rester vivre avec nous.

Rémi est sans voix. Ce serait si merveilleux !

– Je ne vous demande pas de me répondre tout de suite, ajoute-t-elle, comprenant dans quel trouble elle l'a jeté. Mais sachez qu'Arthur et moi vous aimerons toujours, quoi qu'il arrive.

Peu après, madame Milligan qui s'était présentée à Vitalis dans une lettre envoyée au début de leur voyage, lui fait parvenir de l'argent et un nouveau courrier dans lequel elle lui demande de les rejoindre au port de Sète, où *Le Cygne* est amarré. Elle a réservé en ville une chambre d'hôtel et attend son arrivée.

De son côté, Rémi profite de la mer, qu'il voit pour la première fois : il joue dans les vagues et hume le bon air frais de la Méditerranée tandis que les chiens gambadent autour de lui. Mais il ne cesse de retourner dans sa tête l'offre de madame Milligan, et il n'est pas en repos.

Repartir avec son maître, c'est renoncer à la vie douce aux côtés des passagers du *Cygne*. Rester avec eux, c'est abandonner son maître qui lui a appris son métier et à qui il doit tout.

La veille du retour de Vitalis, tous partagent un excellent repas. Peut-être leur dernier ensemble.

– Je vais attendre le retour de mon maître, déclare Rémi à madame Milligan, dans la soirée. C'est lui qui décidera s'il vaut mieux que je reste ou que je reparte sur les routes.

– Voilà qui est sage, lui répond-elle en le couvant de ses yeux mélancoliques.

Le lendemain, à la gare, Rémi et Vitalis tombent dans les bras l'un de l'autre. Le vieil homme est pâle et amaigri, mais Rémi y fait à peine attention tant il est heureux de le revoir.

Tous deux marchent au bord de l'eau accompagnés par les cris des mouettes.

Ils arrivent enfin à l'hôtel.

– Allons remercier madame Milligan de tout ce qu'elle a fait pour toi, déclare Vitalis en montant les marches du perron.

Mais voyant que Rémi reste planté là, il s'étonne :

– Tu ne viens pas ?

– Je crois que madame Milligan veut vous parler seul à seul, l'informe le garçon, nerveux.

Quand Vitalis revient, il pose sa main sur l'épaule de Rémi et lui dit que madame Milligan l'attend.

Le garçon s'élance dans les escaliers et court jusqu'à son appartement. En entrant, il comprend à son sourire triste que c'est l'heure des adieux.

– Rémi, vous avez de la chance d'avoir un ami comme maître Vitalis, lui dit madame Milligan d'une voix tremblante. Quand j'ai proposé de prendre en charge votre instruction, il m'a répondu que la rude éducation qu'il vous donne constitue un bon apprentissage de la vie. Et il est résolu à vous consacrer le reste de la sienne.

Elle ajoute, cachant dans ses mains son visage baigné de larmes :

– Je n'ai pas su quoi répondre quand j'ai compris à quel point il vous aime. Alors au revoir, mon Rémi ! Un jour, peut-être...

En pleurs lui aussi, Rémi reste là, les yeux rivés sur sa bienfaitrice.

« J'ai donné toute ma confiance à mon maître et je dois accepter sa décision, songe-t-il en ravalant ses larmes. Je dois suivre cette voie car c'est certainement la meilleure pour moi. »

Il prend sa harpe sur son dos puis récupère sa sacoche et son chapeau. Il fait ensuite ses adieux et embrasse le jeune malade, qui dort profondément.

– Au revoir, cher Arthur... Au revoir, madame Milligan !

Et il s'élance hors de l'appartement.

– Rémi ! s'écrie la belle Anglaise en se précipitant à sa suite dans le couloir de l'hôtel.

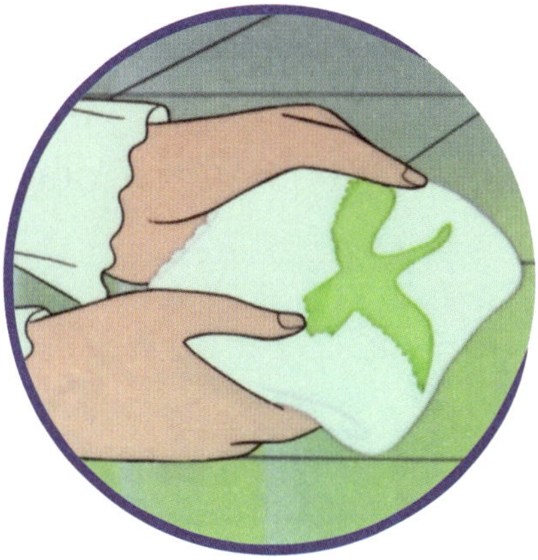

Là, elle lui offre un mouchoir qu'elle a brodé d'un cygne.

– Lorsque vous serez sur les routes, lui souffle-t-elle en prenant ses mains dans les siennes, n'oubliez jamais que nous vous aimerons toujours !

Rémi la regarde longuement pour fixer son doux visage dans sa mémoire, puis il court dans les escaliers. Sans se retourner...

À suivre...

Dans la même collection :

Tome 2

Tome 3

Découvre aussi :

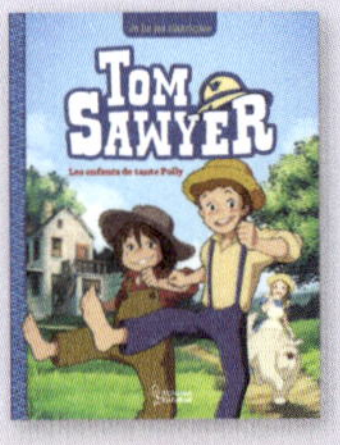

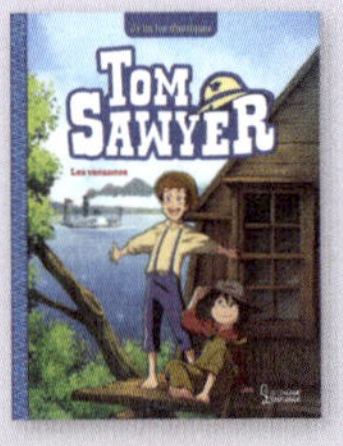

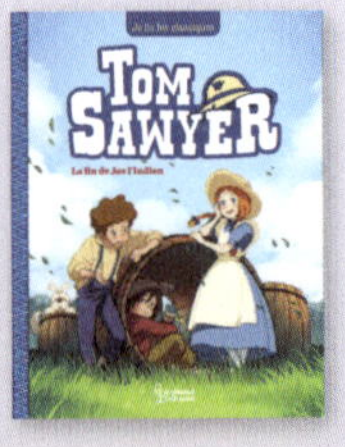

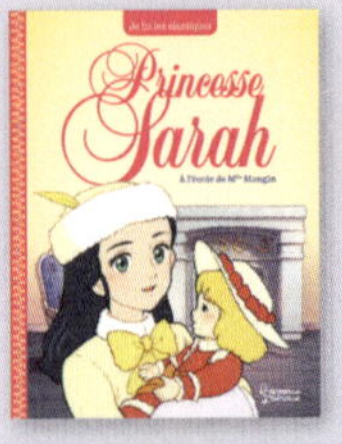

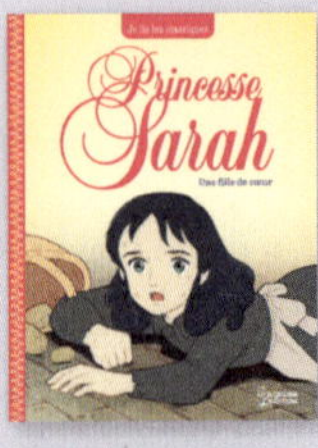

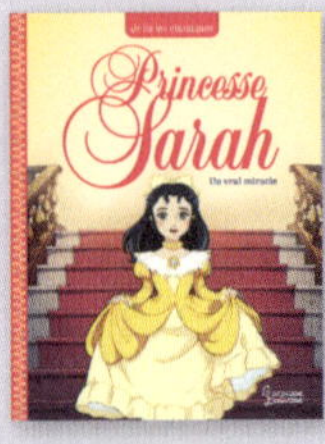